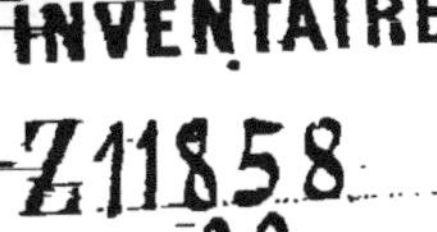

LES PETITS LIVRES DE M. LE CURÉ,
Bibliothèque du Presbytère, de la Famille et des Écoles.

L'HABITANTE DES RUINES,

SUIVIE DE

SAMUEL LE BON FILS,

PAR

Par A. CHAILLY.

PAUL MELLIER, ÉDITEUR,
PLACE SAINT-ANDRÉ-DES-ARTS, 11.

centimes broché ; 35 centimes cartonné. 39

DENIS-AUGUSTE AFFRE, par la miséricorde divine et la grâce du Saint-Siége Apostolique, Archevêque de Paris.

MM. Plon et Paul Mellier, éditeurs, ayant soumis à notre approbation les ouvrages ci-dessous indiqués, faisant partie d'une collection ayant pour titre : LES PETITS LIVRES DE M. LE CURÉ, BIBLIOTHÈQUE DU PRESBYTÈRE, DE LA FAMILLE ET DES ÉCOLES, savoir : *Histoire de Saint Vincent de Paul*, 1 vol.; *Histoire de Sainte Geneviève*, 1 vol.; *l'Habitant des Ruines*, 1 vol.; *le Contre-Maître*, 1 vol.; *le Père Lejeune*, 1 vol.; *Comment on devient heureux*, 1 vol.; *la Visite aux Prisonniers*, 1 vol.; *les Pains de six livres*, 1 vol.; *les Péchés capitaux*, 2 vol.

Nous les avons fait examiner, et, sur le rapport qui nous en a été fait, nous avons cru qu'ils pouvaient offrir aux personnes auxquelles ils sont destinés une lecture intéressante et sans danger.

Donné à Paris, sous le seing de notre Vicaire-Général, le sceau de nos armes et le contre-seing de notre Secrétaire, le quatorze mars mil huit cent quarante-quatre.

F. DUPANLOUP,
Vicaire-général.

Par Mandement de Monseigneur
l'Archevêque de Paris :

E. HIRON,
Chanoine honoraire, pro-secrétaire.

LES

PETITS LIVRES DE M. LE CURÉ,

BIBLIOTHÈQUE

du Presbytère, de la Famille et des Ecoles.

L'HABITANTE DES RUINES,

SUIVIE DE

SAMUEL LE BON FILS;

PAR

M. ANATOLE CHAILLY.

PARIS,

CHEZ PAUL MELLIER, LIBRAIRE-ÉDITEUR,

PLACE SAINT-ANDRÉ-DES-ARTS, 11.

1844

IMPRIMÉ PAR BÉTHUNE ET PLON, A PARIS.

L'HABITANTE DES RUINES.

Il y a quelques années, un de mes bons amis, nommé Georges Dubreuil, peintre habile autant qu'aimable compagnon, avait entrepris un voyage dans le midi de la France. Il voulait passer dans ces contrées trois ou quatre mois de la belle saison, autant pour son plaisir et pour réparer sa santé altérée par un travail excessif, que pour étudier la nature méridionale et s'inspirer des beaux paysages que le voyageur rencontre sous ce ciel clément. Il arriva bientôt à Toulon. Il n'est pas facile de s'arrêter lorsqu'une fois on est en voyage; et Georges, arrivé à ces limites, pensa encore à les franchir, conçut le dessein d'aller aux îles d'Hyères et résolut enfin de pousser jusqu'en Corse.

Située à quelques lieues de Toulon, cette île forme, comme on sait, un de nos départements; mais réunie depuis peu de temps à la France, elle appartient tout entière à l'Italie par ses mœurs, par ses coutumes, par sa langue, par le caractère, et même par la physionomie de ses habitants. La Corse, d'ailleurs, est peu visitée par les voyageurs, et c'était un attrait de plus pour Georges, dont le caractère un peu basardeux le portait à chercher les aventures et à courir avec ardeur vers les choses inconnues.

Il débarqua dans le port d'Ajaccio, chef-lieu de l'île, au fond du vaste golfe qui porte le même nom. Il demeura pendant quelques jours dans cette ville, et la visita avec une curiosité un peu déçue; car il lui semblait être dans une ville du continent, et il ne retrouvait pas les choses singulières, étranges, inaccoutumées, auxquelles il s'était attendu. Cependant un voyageur, qu'il avait par hasard rencontré à Hyères quand l'idée lui était venue de parcourir la Corse, lui avait recommandé de se faire conduire dans un vieux château dont il ne restait plus que des ruines, mais des ruines imposantes et qui remontaient, disait-on, au temps où les Sarrasins d'Afrique avaient des établissements dans l'île. On l'appelait *Castello-Bianco*, ou en français le *Château-Blanc*, parce que ses murailles élevées, construites par un effort inconcevable de la persévérance humaine au sommet d'un rocher escarpé, d'où elles dominaient la campagne à plusieurs lieues à la ronde, n'avaient pas contracté cette teinte sombre que les années donnent aux vieux monuments, mais se faisaient remarquer de tous les lieux d'alentour par leur blancheur éclatante. Le Castello-Bianco était à six lieues environ d'Ajaccio, dans l'intérieur des terres, et il fallait, pour l'atteindre, s'aventurer dans des routes mal tracées, au milieu d'un sol inégal et couvert de rochers, coupé par des ruisseaux qu'un orage change en torrents, et dans lesquelles il eût été imprudent de s'engager sans guide. Un matin donc que Georges était assis devant une table frugale, où il mangeait un modeste déjeuner, il demanda à son hôtesse si elle pouvait lui indiquer un guide qui le conduirait au Castello-Bianco.

— Vous voulez aller au Castello-Bianco? lui répondit l'hôtesse d'un air étonné et en ouvrant de grands yeux ébahis comme si elle avait marché sur un serpent.

— Oui, vraiment, répondit Georges, je veux aller voir ce château ; et qu'y a-t-il d'étonnant? Mais je crains de m'égarer, et je vous demande si vous connaissez un guide qui soit disposé à m'y conduire?

— Ah! certainement je connais des guides, et plus d'un ; mais pour aller au Castello-

Bianco.... vraiment.... je ne puis pas répondre qu'il veuille vous conduire.

— Eh! bonne dame, reprit Georges en riant, qu'a donc ce lieu de plus étrange qu'un autre, et pourquoi ne m'y conduirait-il pas? On m'a dit qu'il n'y a guère que six lieues, et ce n'est pas là une grande affaire.

— Oh bien oui, monsieur, six lieues, vous avez raison, reprit l'hôtesse, et puis six lieues pour revenir, cela fait douze; et il ne faut pas s'attarder, parce que....

Ici l'hôtesse s'arrêta. Il semblait qu'elle n'osât pas continuer.

— Parce que, parce que, s'écria Georges. Où donc est la difficulté? Si nous nous attardons, nous coucherons; ce n'est pas là un grand embarras.

— Coucher au Castello-Bianco, interrompit l'hôtesse en croisant les mains, et levant les yeux au ciel et avec des signes évidents d'une terreur assez comique. Monsieur n'y pense pas, sans doute, et voilà précisément ce qu'aucun guide n'oserait faire; bien mieux, aucun homme de la contrée, si brave qu'il fût d'ailleurs.

— Vraiment, madame, répondit Georges, vous piquez ma curiosité, et vous me donnez encore une bien plus grande envie de voir ce château mystérieux. Mais qu'y a-t-il donc dans ces ruines qui doive inspirer une terreur si vive? craindriez-vous de dormir au milieu des chouettes et des oiseaux de nuit?

— Des oiseaux de nuit! miséricorde! Vous n'y êtes guère, imprudent jeune homme, et c'est de bien autre chose qu'il s'agit. Des oiseaux de nuit, si ce n'était que cela! vraiment, mon fils Pietro va les dénicher dans le bois voisin, et il n'y a pas là grand courage. Mais les oiseaux qu'on trouve au Castello-Bianco, on ne les entend pas une seconde fois quand on a la témérité de s'exposer à les entendre une première.

— Voyons donc, bonne hôtesse, expliquez-vous; qu'ai-je à craindre dans ce château dont la pensée vous fait trembler? est-ce donc un repaire de brigands, et les voleurs viennent-ils établir leur gîte si près d'une ville importante et sous les yeux de la force armée?

— Oh monsieur! des brigands! c'est bien pis que cela, répliqua l'hôtesse; mais, bien sûr, ce n'est pas moi qui vous dirai cela; rien que d'y penser me fait trembler, et je suis bien sûre que cela me porterait malheur de vous en dire davantage. Tenez, ajouta-t-elle en regardant vers la rue, voici mon mari qui vient; il pourra vous apprendre ce qui en est s'il le juge convenable.

En effet, le mari de l'hôtesse entrait à ce moment dans la salle où Georges causait avec cette femme; il le questionna à son tour, et celui-ci, regardant sa femme avec une sorte de dédain plein de fierté :

— Es-tu folle, lui dit-il, Ninetta, et ne pouvais-tu dire à ce jeune homme ce que tout le monde sait dans la ville? Que les femmes sont peureuses! ajouta-t-il en levant les épaules. Ne crains-tu pas que la signora ne vienne te manger parce que tu auras prononcé son nom? Allons! rentre à ta cuisine si tu as peur, pendant que je vais éclairer le jeune étranger.

Ninetta ne se fit pas dire deux fois qu'elle pouvait s'en aller, elle partit avec la rapidité de l'éclair et comme si la chambre eût été pleine d'animaux venimeux. Alors Baptista, c'était le nom de l'hôtelier, prit un air grave et superbe, et dit à Georges :

— Ces femmes, elles ont des terreurs absurdes; je vous demande bien pardon, monsieur, pour Ninetta; elle n'a pas de raison; ce sont des contes de vieille femme qui l'épouvantent, et elle croit que ceux qui prononcent le nom de l'habitante de Castello-Bianco sont assurés de mourir dans la nuit. Pour moi, je n'ai pas ces vaines frayeurs, et je puis vous conter l'aventure. Puis, prenant une physionomie encore plus sérieuse et presque solennelle : Ce qu'il y a de vrai dans tout cela, monsieur, c'est qu'il y a un revenant au Castello-Bianco.

A ce mot de revenant, Georges partit d'un grand éclat de rire qui déconcerta pour un instant Baptista; et plus il regardait le brave homme, étonné et presque offensé de son incrédulité, plus ce rire fou et convulsif le suffoquait et triomphait de tous ses efforts pour le réprimer. Cet intrépide Baptista, qui chicanait les terreurs de sa femme et qui croyait aux revenants, lui paraissait le personnage le plus comique qui fût au monde, et d'autant plus ridicule qu'il s'imaginait être au-dessus du vulgaire, tout en en partageant les craintes chimériques.

« Vous riez, jeune homme, dit Baptista, vous riez : les Français sont tous comme cela, et j'en ai rencontré plus de dix qui ne veulent pas croire à cette funeste histoire. Elle est pourtant bien certaine, et il n'y a personne à vingt lieues à la ronde qui osât passer la nuit au Castel-Bianco ; il y en a même bien peu qui auraient le courage d'y pénétrer pendant le jour, et certainement je ne serais pas de ceux-là : un homme, voyez-vous, ne me fait pas peur, et même deux; mais quand il y a du sortilége, je n'y suis plus.

— Voyons, honnête Baptista, interrompit Georges, j'espère pourtant bien connaître ce château; car l'histoire, fût-elle encore plus certaine, j'avoue en toute humilité que je n'y croirais pas. Que voulez-vous? je verrais des revenants, que je resterais tout aussi incrédule. Mais enfin, dites-moi un peu ce conte étrange; je n'en aurai que plus de plaisir à voir les lieux qui passent pour en avoir été le théâtre.

Georges se tut comme un homme qui attend, et l'hôtelier Baptista se mit alors à lui raconter une vieille légende qui courait depuis longtemps dans le pays, et qui était pleine de terreurs et de sinistres événements. L'héroïne de ce conte ridicule était une signora Margarita,

autrefois, disait-on, châtelaine du Castel-Bianco,

qui véritablement s'était fait haïr de ses domestiques et de ses paysans par sa cruauté, par sa dureté envers les pauvres, par son peu d'hospitalité pour les étrangers, et dont la renommée populaire avait exagéré la méchanceté et les mauvaises actions. On ne trouve encore aujourd'hui parmi les hommes ignorants que trop de gens qui croient à ces récits mensongers, et qui repaissent leur imagination des funestes impressions qu'ils produisent. Les hommes de sens cependant, ceux au témoignage desquels il est juste d'avoir confiance, repoussent unanimement de semblables fictions; et l'Église, notre mère, la source de toute vérité et de tout bon enseignement, celle qui a droit de commander à notre raison, parce que seule elle est supérieure à toute raison humaine, nous défend d'ajouter aucune foi à ces absurdes aventures. Baptista, quoiqu'il fût pieux et honnête, n'était pas parvenu encore à se débarrasser de ces craintes chimériques, plus communes d'ailleurs dans ces pays que dans nos contrées; il croyait de bonne foi aux aventures de la signora Margarita, et, quand il eut raconté sa vieille histoire, il s'arrêta comme pour voir l'effet qu'elle avait produit. Pour nous, que ces mensonges ne peuvent guère intéresser, nous ne rapporterons pas cette histoire terrible autant qu'invraisemblable; nous n'en dirons que ce qui sera nécessaire pour faire comprendre le récit véritable et tout naturel qui doit suivre, et qui a cet avantage précisément de prouver que les revenants n'existent jamais que dans notre imagination et dans nos terreurs. Qu'il nous suffise de savoir que dans cette première partie du conte de Baptista il n'était pas question de revenants, bien qu'il eût annoncé que c'était là le danger qu'on avait à craindre au Castel-Bianco, et Georges attendait d'un air d'incrédulité la fin de son récit.

« Comment, Baptista, lui dit-il, vous qui devriez être un homme raisonnable, vous croyez à tous ces mensonges qui ne pourraient pas soutenir un instant l'examen d'une raison non prévenue!

— Ah! monsieur plaisante, dit Baptista avec un sourire ambigu qui annonçait plus de crainte que de gaieté; mais tout ce que je lui ai dit est pourtant de la plus exacte vérité.

— Mais quand bien même cela serait vrai, je ne vois pas ce qu'il y a de commun entre l'histoire de votre Margarita et les revenants du Castello-Bianco. Ou vous n'avez pas fini votre conte, ou il ne signifie rien dans le cas qui nous occupe, et je ne comprends pas ce qui m'empêcherait d'aller visiter les ruines du château démantelé par de cruels combattants.

— Ah! c'est vrai.... c'est vrai, monsieur; je n'ai pas fini l'histoire, répliqua Baptista avec un embarras qui prouvait bien qu'il n'était pas tout à fait dégagé des terreurs qu'il accueillait avec un si superbe dédain quand elles étaient avouées naïvement par madame son épouse. Vous avez raison, monsieur, je vais achever, continua-t-il en regardant autour de lui comme s'il avait craint que quelque fantôme vînt le saisir par derrière. Voilà ce que monsieur ne voudra pas croire, et ce qui est pourtant certain; il y a bien des gens qui l'ont vu dans le pays.

Tous les jours à minuit précis le château s'éclaire, et les fenêtres resplendissent d'une lueur mystérieuse; cette illumination sinistre n'est pas de longue durée, mais au bout de dix minutes environ tous les feux s'éteignent. On entend alors très-distinctement des bruits de chaînes qui roulent sur les dalles des appartements en ruine, et l'on voit passer avec rapidité devant les ouvertures des fenêtres une faible lumière qui monte dans les escaliers du château jusqu'au sommet de la tour, duquel alors on voit se dresser une femme de haute taille. Sur ses épaules flotte un voile épais de cheveux noirs, une grande robe blanche la couvre jusqu'aux pieds, attachée à la taille par une ceinture couleur de sang ; elle tient une lampe à la main, et ses yeux brillent d'un éclat terrible. Quand elle est arrivée au sommet de la tour, Margarita, car c'est elle qui revient ainsi, pousse un sifflement épouvantable qui retentit dans la campagne; aussitôt elle redescend du pas rapide dont elle est montée. On revoit encore la lampe funèbre qui traverse les appartements, on entend encore le roulement des chaînes infernales; bientôt une grosse porte gémit sur ses gonds, c'est celle qui fut ouverte autrefois à des soldats furieux. Un féroce chevalier entre alors armé de pied en cap, et portant au côté sa longue et redoutable épée. De nouveau le château s'illumine ainsi qu'il était arrivé au commencement. Pendant quelques instants on entend dans le château les cris aigus d'une foule redoutable, et le son d'instruments inconnus; on dirait qu'on se livre à de grandes réjouissances, puis tout à coup des rires frénétiques et des chants de la soldatesque sort un cri strident, terrible, et qui glace d'effroi. C'est Giacomo qui frappe l'infortunée Margarita. Tout alors rentre dans le silence et dans

l'obscurité pour recommencer le lendemain de la même façon.

« Allons, Baptista, dit Georges, quand l'hôtellier eut fini son histoire, vous voulez cacher votre courage, mais je suis bien sûr que vous êtes allé voir cette scène nocturne, sans cela la raconteriez-vous dans d'aussi grands détails ?

— Oh ! bien sûr que non, répondit Baptista avec vivacité ; il ne faut pas tenter le danger, et j'aimerais mieux m'aventurer sur un canot quand le vent souffle du Midi au milieu de nos mers, que de passer seulement quand il fait nuit à une lieue du Castello-Bianco.

— Alors nous irons ensemble aujourd'hui, poursuivit Georges d'un air indifférent, comme s'il n'avait pas entendu la réponse de son hôte.

— Ah ! ah ! monsieur veut rire, reprit Baptista d'un air effrayé. Il sait bien que l'entreprise ne serait pas sûre, et il ne voudrait pas m'exposer.... D'ailleurs, monsieur ne voudrait pas y aller lui-même, bien sûr ; il est brave comme un jeune homme doit être, mais il ne serait pas assez imprudent pour affronter des ennemis qu'on ne voit pas et qui sortent tout à coup de terre sous vos pieds.

— J'irai, honnête Baptista, reprit Georges, et si vous ne voulez pas venir avec moi, il faudra donc me trouver un guide.

— Oh ! monsieur est bien certain qu'il n'en trouvera pas pour coucher au Castello-Bianco. Quand ce serait son père.... il n'y a pas un guide qui voulût accompagner son père dans cette folle entreprise.

— Eh bien, nous ne coucherons pas, reprit Georges impatienté. D'ailleurs, n'y a-t-il pas un village aux environs où l'on puisse passer la nuit?

— Oui, c'est vrai, monsieur a raison; il y a bien un village, en effet, mais c'est un trou : il n'y saurait trouver une auberge, et même n'y rencontrerait pas un lit.

— Mon guide pourrait toujours m'attendre dans cet endroit, où j'irais le rejoindre, continua Georges. Occupez-vous, honnête Baptista, je vous prie, de me trouver ce guide. »

Baptista se mit en route pour satisfaire le désir de Georges, pendant que celui-ci, qui avait achevé son repas, l'attendait nonchalamment assis près de la fenêtre de l'auberge, par laquelle il voyait tout le mouvement qui se faisait dans la ville. L'hôtelier fut longtemps absent; ses recherches avaient été d'abord infructueuses. Bien que la tradition qui se rattachait au château fût déjà ancienne, comme nous l'avons vu, et qu'il semble que le souvenir n'eût pas dû en être fort vif, les terreurs, depuis quelques années, s'étaient tout à coup réveillées. Quelques paysans du voisinage, un peu plus aguerris que les autres, et qui avaient osé se promener pendant la nuit vers les abords du Castello-Bianco, prétendaient avoir vu les mystérieuses apparitions; et leur courage reconnu, leur témérité même souvent blâmée par leurs voisins, donnait plus de crédit à leurs paroles. Enfin Baptista rentre triomphant dans l'auberge, conduisant à sa suite un jeune homme de bonne mine, vigoureux et d'un air intrépide.

— Voici, lui dit-il en entrant, le jeune étranger qui veut aller voir le Castello-Bianco; puis s'adressant à Georges: Monsieur, reprit-il, j'ai eu bien du mal à trouver votre affaire, mais enfin j'y suis parvenu. Le brave Paolo que voici consent à vous accompagner jusqu'au petit bourg situé au pied de la montagne que domine Castello-Bianco. Il vous attendra dans ce poste avancé et il vous laissera visiter seul les ruines. Vous pourrez venir le reprendre quand il vous conviendra, et il vous ramènera parmi nous.... s'il plaît à Dieu, reprit Baptista avec un visage plaisamment sinistre, et si votre seigneurie ne fait pas quelque imprudence qui lui porte malheur.

— Ne craignez rien, reprit Georges qui, ne voulant pas ajouter la moindre foi aux contes ridicules de revenant que lui racontait son hôte, affectait la plus froide indifférence et ne semblait pas même vouloir chercher un danger imaginaire, ce qui aurait été déjà y croire à moitié. Mon intention n'est pas de coucher à Castello-Bianco; le lieu sans doute n'en vaut pas la peine, et il me suffira de quelques heures pour visiter ces ruines. Ainsi donc, selon toute apparence, vous pouvez vous attendre à me voir revenir cette nuit. Si l'on frappe à votre porte, ouvrez en toute confiance.

— Votre seigneurie sera toujours bien reçue, dit Baptista en faisant un profond salut.

— Êtes-vous prêt, Paolo, et pouvons-nous partir maintenant? reprit Georges.

— Je suis à vos ordres, répondit le jeune guide.

Georges se prépara alors pour le départ. Il prit quelques provisions de bouche pour lui et le jeune Corse qui l'accompagnait; car, dans ces campagnes à peine peuplées, il n'est pas facile de rencontrer même les objets de première nécessité; mais surtout il eut soin d'emporter de bonnes armes qui lui assuraient le moyen de soutenir une défense vigoureuse contre quiconque s'aviserait de lui faire un mauvais parti. En effet, si Georges n'avait pas peur des revenants, il pensait qu'après tout quelques malfaiteurs pouvaient avoir pris le Castello-Bianco pour asile, et exploiter à leur profit la timidité superstitieuse des gens du pays. Georges était brave, curieux comme un voyageur, résolu comme un officier; il s'attendait à tout, et il se mit en mesure de parer aux plus mauvaises chances.

Les deux voyageurs se mirent bientôt en route. Baptista leur dit adieu d'un air mélanco-

lique et distrait; Ninetta, sa femme, qui avait en vain essayé de retenir le jeune artiste, laissait voir naïvement toute sa terreur et tout le regret qu'elle éprouvait de voir ce jeune homme s'exposer à un danger si grand pour le plaisir de voir quelques pierres écroulées. Georges traversa des chemins pittoresques et difficiles, qu'il préférait dans ce moment aux plus belles routes de nos riches provinces; quelquefois le lit d'un torrent, presqu'à sec dans cette saison de l'été, lui barrait le passage, et il le franchissait d'un bond; d'autres fois des rochers, qui semblaient suspendus et chancelants, surplombaient sur sa tête, et formaient une voûte majestueuse qu'il traversait lentement pour en admirer les gigantesques proportions. Enfin il arriva au bout de quelques heures au village où devait s'arrêter Paolo, et qui n'était qu'à une lieue environ du Castello-Bianco. Déjà cette ruine vénérable se découvrait en plein au sommet d'un rocher aride et désolé, sur lequel on voyait à peine un arbre rabougri et brûlé par les ardeurs de l'été, ou une herbe maigre et jaune sur le sol rouge, dont les larges entailles de la montagne faisaient resplendir au soleil les teintes sanglantes; les blanches ruines qui la couronnaient produisaient de loin un effet magique qui saisit vivement l'imagination de Georges et qui doubla son désir de les visiter. Il quitta son guide, effrayé de tant de courage, et il partit seul.

Je ne raconterai pas la visite de Georges dans le château; on sait que mon ami est artiste: il examina avec une curiosité persévérante une foule de détails qui le ravissaient et qui ne vous intéresseraient guère ; il parcourut toutes les salles, où ses pas retentissaient d'une façon lugubre; il monta sur le sommet de la tour, d'où la mer paraissait au loin, et admira pendant long-temps ce panorama magnifique ; puis, descendant par des escaliers obscurs dans les constructions inférieures, il visita, croyait-il, les asiles les plus secrets du château. Il se convainquit ainsi, en ne trouvant aucune trace du séjour de l'homme au milieu de ces ruines, que les bruits populaires étaient sans fondement, et qu'on n'avait rien à craindre dans cet asile, habité réellement par les oiseaux de nuit, dont les pas de Georges troublaient le triste sommeil. Les heures s'écoulaient cependant et la curiosité de Georges n'était pas satisfaite ; il voulait revoir cette salle gothique ; il voulait dessiner cette statue, esquisser cette porte, étudier la distribution de ces vastes appartements, et, à chaque instant, il reculait le moment du départ en se donnant à lui-même quelque prétexte frivole. Il faut être franc cependant, et dire ici ce que Georges se cachait à lui-même dans ce moment, mais ce qu'il m'a avoué depuis. Il aurait rougi d'attacher la moindre importance aux récits de Baptista, et cependant, au fond, sa curiosité était vivement excitée : il soupçonnait quelque chose d'étrange qui tentait son courage et son naturel aventureux, et il prenait des moyens détournés pour se contraindre à demeurer la nuit au château sans être obligé de convenir avec lui-même qu'il y demeurait pour y guetter des revenants... La nuit tomba bientôt; il se persuada qu'il ne pouvait pas retourner au hameau où Paolo l'attendait, qu'il ne connaissait pas les chemins et s'égarerait dans leurs détours, et enfin il se décida à coucher dans une grande salle du Castello-Bianco.

Les préparatifs, comme on pense bien, ne furent pas longs : Georges plaça sur les dalles une porte de bois à moitié sortie de ses gonds; il étendit dessus son large manteau, et se coucha tranquillement; il alluma une petite lampe qu'il avait apportée, disposa ses armes à côté de lui et attendit. Il avait choisi une vaste salle voûtée, et située au milieu d'une enfilade de salles à peu près pareilles, mais moins épargnées par les démolisseurs ou par le temps; cette chambre fermait, ou du moins on pouvait encore la barricader suffisamment avec les débris des portes anciennes, dont Georges se contenta de rapprocher les battants. La faible lumière qui éclairait cette chambre à coucher bizarre produisait sur ces pierres, polies par le temps, des reflets fantastiques et qui auraient effrayé une imagination moins ferme que celle de Georges. Pour lui, il appelait le sommeil, et le sommeil ne venait pas; non cependant qu'il eût peur, mais plus il approchait de l'heure fatale plus son anxiété devenait vive : il craignait en lui-même d'avoir été la dupe d'une mystification, et dans ce moment il aurait désiré que les revenants existassent.

Minuit était passé depuis quelques moments, lorsque Georges fit un double saut sur son lit et prêta l'oreille ; il venait d'entendre un bruit sourd dans les profondeurs du château. Son premier mouvement fut de mettre la main sur ses armes ; il était prêt à tout événement. Le bruit cependant se rapprochait; il n'était pas seul au Castello-Bianco, il n'en fallait pas douter. Bientôt il put distinguer comme le cri aigu de chaînes qui sont traînées sur des dalles : le récit de Baptista se confirmait d'une façon étrange. Certes l'on pouvait être brave et être saisi d'un mouvement de crainte, et cependant Georges m'a assuré, et je le crois, qu'il n'eut pas peur un seul instant. « Si ce sont des voleurs, pensait-il, ils ne s'attendent pas à me trouver si bien armé, et je vendrai cher ma vie! d'ailleurs je suis étranger; ils n'ont pas un intérêt aussi pressant à se défaire de moi, puisque je n'ai pas un intérêt aussi puissant à révéler leur retraite, et tout n'est pas perdu. » Pendant qu'il faisait ces réflexions, le bruit approchait toujours : tout à coup un coup vigoureux est frappé dans la porte de sa chambre, qui s'ouvre avec fracas et qui livre passage à une femme, à un spectre plutôt, pâle et livide; ses cheveux

étaient épars, sa longue tunique blanche était retenue par une longue ceinture rouge; elle reproduisait enfin avec une effrayante exactitude le portrait qu'en avait fait Baptista; enfin, pour compléter le tableau, le spectre, s'avançant d'un pas grave et mesuré, tenait une lampe à la main. Georges se lève d'un bond, saisit son épée d'une main, ses pistolets de l'autre, et crie un vigoureux *qui vive!* qui semble un instant faire hésiter l'étrange apparition. La femme, l'ombre ou le spectre cependant fait de grands gestes et pousse de tristes hurlements, comme pour faire fuir son adversaire, et essaie de s'avancer contre lui; Georges, certain qu'un mouvement de frayeur gâterait tout, s'avance d'un pas ferme au-devant de l'être mystérieux, qui pour le coup s'arrête, se trouble, se retourne et se met à fuir de toutes ses forces... Georges n'hésite pas; on comprend que sur la voie enfin d'une aventure si singulière, il ne l'abandonne pas facilement, il poursuit son fantôme, traverse les salles, s'engage dans des degrés immenses, qu'éclairent seuls les pâles reflets de la lune et la lueur chancelante de la lampe que son spectre n'a pas abandonnée. La course dure ainsi pendant plusieurs minutes au milieu d'un dédale de chambres désolées où il se serait infailliblement perdu sans sa visite de la journée.

Enfin le fantôme, qu'il ne perdait pas de vue, troublé, à ce qu'il paraît, plus qu'on ne le pourrait croire de la part d'un revenant, pénètre dans une salle sans issue et va être livré à la discrétion de son adversaire. Il jette alors un cri perçant, non plus le cri apprêté et solennel destiné à effrayer les autres, mais le simple cri d'une femme qui a peur elle-même. Ce prétendu revenant s'appuie cependant encore contre la muraille, et cherche par un dernier effort à épouvanter l'intrépide Georges.

« Madame, dit celui-ci d'une voix ferme, si vous continuez cette ridicule comédie je vais vous étendre à mes pieds, vous n'avez plus sans doute la prétention de me faire peur, ainsi laissez là tous ces gestes qui ne m'en imposent pas. »

A ces mots, prononcés dans un excellent italien pour que le spectre ne pût prétexter ignorance, la femme qui était devant Georges pâlit encore si la chose était possible, elle perdit en un instant toute sa résolution et, se jetant aux pieds du jeune homme :

« Pardon, monsieur, pardon, lui dit-elle en pleurant, je suis une malheureuse femme, ne me punissez pas d'avoir voulu vous abuser ; si vous saviez la triste nécessité qui m'oblige à jouer ce rôle épouvantable, vous me plaindriez au lieu de me condamner. Je ne suis pas un malfaiteur, continua-t-elle, je suis une malheureuse femme persécutée et qui n'a d'autre moyen de garantir sa vie. Vous êtes étranger à nos contrées, monsieur, et à nos mœurs, vous êtes Français, vous aurez pitié de moi; vous ne m'exposerez pas à tous les dangers auxquels j'espérais avoir échappé; pitié! pitié! jeune homme pour une femme infortunée. »

Georges fut touché par les paroles et par les pleurs de cette femme; ses douleurs paraissaient si vives et si sincères, que Georges ne craignit pas un instant quelque piége grossier pour tromper sa bonne foi, il releva cette femme éplorée avec douceur et politesse, il la rassura du mieux qu'il put, lui protestant qu'il n'avait pas l'intention de lui nuire, que la curiosité seule l'avait amené dans ce château, mais que loin de penser à augmenter ses chagrins, il était prêt à faire tout ce qui serait en son pouvoir pour en diminuer l'amertume. Qu'elle n'avait qu'à parler, et que si elle était comme il le voulait croire digne de l'intérêt qu'elle sollicitait, quoi qu'il pût lui en coûter, il tenterait tous les efforts pour l'arracher à la fatale position que le malheur lui avait faite.

La mystérieuse habitante du château se calma bientôt et remercia en termes affectueux et choisis l'homme généreux qui lui offrait sa protection.

« Retournons, lui dit Georges, dans la salle où vous m'avez trouvé, elle est plus commode que celle-ci, et nous pourrons nous entretenir de vos malheurs. »

La dame le suivit appuyée sur son bras, il lui fit du mieux qu'il put un siége avec la porte qui lui servait de lit, et prit place à côté de cette femme singulière. Il put alors la considérer plus à son aise; c'était une personne encore jeune et qui certes n'avait pas trente ans, mais les souffrances, les privations de tous genres, avaient imprimé sur son noble et grave visage le caractère d'une vieillesse hâtive, son corps amaigri conservait cependant une particulière distinction. Tout en elle excitait à un haut point l'intérêt qu'elle avait cherché à inspirer au jeune étranger et fortifiait l'offre généreuse de Georges.

Celui-ci attendit que sa compagne malheureuse voulût bien lui apprendre le mystère de sa présence au milieu de ces ruines. La dame resta pendant quelques instants dans l'attitude de la méditation, puis elle commença en ces termes :

« Vous êtes depuis peu de temps sans doute, monsieur, dans notre pays et vous ne connaissez ni ses mœurs, ni l'influence fatale du hideux préjugé qui me réduit aujourd'hui à l'état déplorable où vous me voyez. Je suis la signora Manzi ; la famille de mon époux fut autrefois puissante à Ajaccio, et pendant plusieurs années j'y ai mené une vie agréable et douce auprès d'un époux que je chérissais et qui m'aimait tendrement. Hélas ! ce bonheur ne devait pas être de longue durée. Depuis plus d'un siècle, une inimitié barbare divisait notre famille et la famille de Pieramonti ; quel événement a été la cause de cette rivalité fatale, quelle famille a commencé les agressions, je ne le sais pas, monsieur, et je ne veux pas le savoir ; chacune se prétend offensée, et veut laver dans le sang de ses adversaires l'injure qu'elle prétend avoir reçue. Vous n'ignorez pas sans doute, monsieur, les lois hideuses de ces haines de familles que l'on appelle chez nous des *vendetta*, ce sont des lois de brigandage et d'assassinat. Lorsqu'un homme se prétend offensé, tous ses parents sont obligés de lui prêter main-forte et de le venger sur des membres de la famille dont il croit avoir à se plaindre ; alors tous les moyens sont bons, la ruse, le guet-apens, la trahison ;

votre ennemi vous attend au coin d'un bois, au détour d'un chemin, il vous guette pendant des journées entières caché dans un arbre, sur la route que vous avez l'habitude de parcourir, l'escopette au poing, la haine dans le cœur, et s'il vous aperçoit à portée de son arme il vous abat traîtreusement par derrière, et sans que vous ayez le moyen de vous défendre. C'est

ainsi, monsieur, que j'ai perdu toute ma famille ; c'est ainsi que j'ai vu mourir mon père tué par un Pieramonti, le père de mon mari tué par un Pieramonti, et mon mari lui-même, tué encore par un Pieramonti. Les Manzi, monsieur, se sont éteints dans cette guerre sacrilége, et je suis restée seule exposée aux coups d'ennemis, abandonnée, monsieur, sans protection et sans force; le désespoir s'est emparé de moi et j'ai résolu enfin de fuir à tout prix les dangers dont la pensée troublait sans cesse mon repos. Le dirai-je, monsieur, quoiqu'il m'en coûte de faire cet aveu auquel la vérité m'oblige; monsieur Manzi, mon époux, était un homme violent, emporté, plus soumis que tout autre au préjugé de ces haines de familles, et qui devait en être une si triste victime. Les éclats de sa colère lui firent beaucoup d'ennemis et rallièrent beaucoup de partisans à la faction de Pieramonti; ma position après sa mort devint encore plus déplorable. Je pris alors la fuite dans l'espérance que le bruit de ma mort se répandrait ainsi et que mes ennemis cesseraient de me poursuivre. Une tradition lugubre répandue depuis long-temps dans le pays, faisait de ce château un asile inviolable et, malgré mes terreurs, je m'y réfugiai. Les Pieramonti d'abord me poursuivirent avec rage, ils soupçonnaient que j'avais pu chercher une retraite dans le Castello-Bianco, et ils en gardèrent les abords; mais je sus trouver dans ces décombres une cachette impénétrable pendant le jour, et aucun d'eux n'eût osé pendant la nuit pénétrer dans cette demeure. C'est au reste, monsieur, pour me préserver de toute entreprise que je joue chaque nuit la funèbre comédie dont j'aurais été la victime sans votre générosité, et qui a donné une nouvelle force dans les environs à la vieille tradition de la signora Margarita. »

Madame Manzi s'arrêta à ce point de son récit; Georges la regarda avec un vif intérêt, puis il lui dit d'une voix timide :

« Je comprends à peine, madame, comment vous avez pu soutenir dans cette retraite sauvage une existence si malheureuse et si digne de pitié.

—Hélas! monsieur, répondit madame Manzi, je ne pourrai jamais vous dire ce que j'ai souffert dans cette terrible retraite, ce qu'il m'a fallu vaincre d'obstacles et supporter de privations. Oh! sans doute, j'aurais bientôt succombé à tant de douleurs, si Dieu, dans sa miséricorde, ne m'avait protégée pour des temps meilleurs. Et puis les deux premières années de mon séjour au milieu de ces ruines furent un peu moins dures et me permirent de m'habituer à leur sauvage solitude. Un vieux domestique de ma famille était resté à Ajaccio afin de ne pas augmenter les embarras de ma retraite, car plus on est nombreux et plus on a de peine à se cacher, et afin de me tenir au courant de tout ce qui pouvait m'intéresser à Ajaccio ; ce même domestique trouvait à de rares intervalles le moyen de me visiter en secret et m'apportait les objets les plus nécessaires à la vie. C'est à lui que je dois d'avoir pu sauver quelques bijoux de prix que je garde dans mon repaire, et dont j'espère pouvoir tôt ou tard profiter pour échapper à mes oppresseurs, c'est lui qui m'a apporté les pauvres ustensiles dont je me sers, et les vêtements qui me couvrent. Mais, hélas ! ce soulagement ne fut pas de longue durée. Un jour, il y a huit ans de cela, il vint me voir pour la dernière fois, il était courbé sous le poids des années, et son dévouement à ma famille pouvait seul lui donner la force de braver les dangers qu'il y avait à courir pour me procurer quelques secours. Depuis ce temps je n'ai plus eu la triste consolation de m'entretenir avec lui de mes peines. Sans doute Dieu l'a appelé à lui et il est en possession maintenant de la récompense éternelle et inaltérable, si bien due à ses vertus. Pour moi, monsieur, je comprends à peine ce qui a soutenu ma vie. C'est la nuit seulement que je puis sortir de ce château pour chercher les fruits sauvages et les racines qui me servent d'aliments, et dans ces pénibles courses, que la faim rend nécessaires, je crains encore d'être découverte et de devenir la victime de mes ennemis.

Quoi! reprit Georges, ne pouviez-vous pas fuir plus sûrement la colère de ces ennemis en quittant l'île et en venant sur le continent, où sans doute votre position lamentable eût appelé les secours qu'elle mérite.

— Le pouvais-je, monsieur? répondit la veuve. J'ai dû vous dire que les Pieramonti sont nombreux et puissants dans l'île; il m'eût été impossible d'en sortir à leur insu, car ils occupent presque toutes les places importantes qui leur rendaient facile d'opprimer leur victime; d'ailleurs, moi, pauvre femme, comment, sans soutien, sans protecteur, faire toutes les démarches nécessaires. Le vertueux domestique dont je vous ai parlé ne pouvait m'être en ce cas d'aucune utilité : toute démarche qu'il eût faite pour faciliter mon évasion eût mis les Fieramonti sur ma trace, et loin de réussir dans son entreprise, il eût été désormais surveillé avec un soin qui eût rendu impossibles ses visites au château que j'habite. Enfin, le dirai-je, mon esprit s'est troublé, je me suis exagéré peut-être les difficultés de l'entreprise, et je vins me réfugier, éperdue, sous ces voûtes solitaires. Depuis ce temps, la vigilance de mes ennemis s'est apaisée, ils désespèrent de trouver leur proie, ou plutôt ils se consolent en pensant que j'ai succombé à mes douleurs. Peut-être j'aurais pu gagner le continent ; mais ici toutes les ressources me manquent, et je me suis tellement habituée à ce triste tombeau pendant dix années écoulées dans ces angoisses, que je n'ai plus le courage de le quitter.

— Vous le quitterez cependant, madame ! interrompit Georges avec vivacité ; je vous sauverai, j'en prends Dieu à témoin ; je vous sauverai malgré vos ennemis, malgré vous-même, continua-t-il en prenant la main de la dame ; ou je mourrai avec vous.

— Noble étranger, reprit madame Manzi avec un mélancolique sourire, combien je vous suis reconnaissante de ce touchant intérêt. Mais une circonstance que vous ne connaissez pas encore, et que je puis bien maintenant vous apprendre, — pourrais-je en effet me défier de votre âme généreuse! — double les périls et les difficultés de l'entreprise. »

Ici madame Manzi se leva, elle prit la main de Georges et l'entraîna au milieu des appartements ruinés du château dans des salles souterraines qu'il n'avait pas visitées; les escaliers se suivaient et correspondaient au milieu de mille retours inexplicables à des salles gigantesques qui conduisaient à d'autres escaliers, puis à d'autres salles encore; madame Manzi ouvrit une trappe invisible : « Il m'a fallu bien du temps, dit-elle en regardant Georges, pour découvrir cet asile. » Elle le fit pénétrer dans une salle basse et voûtée, puis, le conduisant auprès d'un petit tas de paille étendue dans cette cave humide : « Voyez! » lui dit-elle.

Georges en effet vit avec surprise un pauvre enfant endormi ; sa figure était belle et mélancolique, mais son organisation semblait si frêle, que l'on s'étonnait que la vie pût le soutenir encore.

« Il est né ici, dit madame Manzi avec attendrissement ; hélas, il y doit mourir sans doute. Que la volonté de Dieu soit faite !

— Non ! s'écria Georges avec une sorte d'emportement ; ni vous ni votre enfant vous ne mourrez dans cet horrible asile. Je vous l'ai déjà dit, mes efforts vous en arracheront; mal-

heureuse mère, espérez; Dieu m'a amené ici pour faire cesser votre supplice. »

La nuit se passa ainsi en tristes causeries et en lamentables confidences. Madame Manzi était heureuse de trouver un cœur compatissant, elle qui depuis tant d'années n'avait eu devant elle que le visage souffrant de son fils chéri, et dont jamais une main amie n'avait serré la main. Dès que le jour fut venu, Georges quitta cette mère infortunée avec des promesses sincères de la revoir bientôt.

Il retrouva son guide qui allait tout tranquillement repartir pour Ajaccio, où il n'espérait plus revoir le jeune étranger. Rien ne peut rendre la surprise qu'il éprouva, et la singulière grimace qu'il fit, lorsqu'il revit Georges un peu pâli par la fatigue d'une nuit passée sans sommeil, mais calme et presque gai, heureux qu'il était par la pensée de faire une bonne action. Ses exclamations, ses accents de surprise, ses questions ne tarissaient pas, on aurait cru même qu'il se défiait de Georges, et qu'il le croyait en relation d'amitié avec les esprits. Georges répondait d'une façon vague et évasive, car il ne voulait ni faire cesser une erreur qui protégeait sa malheureuse amie, ni l'accréditer par ses récits. Il regagna bientôt Ajaccio, et, pour éviter des questions nouvelles, il annonça le dessein de quitter immédiatement la ville. Des affaires, disait-il, le rappelaient sur le continent, et il fit transporter ses malles sur un bateau qui partait le lendemain pour la France. Pendant qu'on le croyait à bord du bateau sur lequel il avait annoncé qu'il passerait la nuit pour n'avoir pas la peine de faire ses apprêts le lendemain matin, car le bateau devait partir avant le lever du jour, il courut en hâte vers le Castello-Bianco, portant avec lui des habits d'homme pour cacher plus sûrement la fuite de madame Manzi. Georges, qui était vigoureux et auquel le désir de sauver une femme si intéressante donnait une ardeur nouvelle, eut bientôt franchi la distance qui le séparait du château. Il avait pris lui-même un costume de paysan du pays, afin qu'on ne le reconnût pas et que son passage dans ces lieux qu'il avait traversés la veille n'excitassent aucun soupçon.

Madame Manzi, comme on pense, l'attendait avec une vive inquiétude ; elle eut bientôt revêtu le déguisement qu'il lui avait apporté. Georges conduisait par la main le fils de l'infortunée veuve, et le pauvre enfant faisait pour les suivre des efforts que l'espoir du salut lui rendait plus faciles. Ils s'éloignèrent du Castello-Bianco aussitôt que le jour tomba. Le voyage fut pénible pour cette femme infortunée, affaiblie par tant de souffrances; plusieurs fois elle fut obligée de s'arrêter et de reprendre haleine : l'espoir cependant la soutenait. Il faisait encore nuit quand elle entra dans Ajaccio, elle trembla et répandit des larmes en revoyant ces lieux qu'elle avait abandonnés depuis si long-temps. Georges, sans perdre un instant, la conduisit vers le port et la fit monter sur le navire, où il s'embarqua avec elle.

Une heure après, madame Manzi était sauvée et le bateau s'éloignait des côtes de la Corse. Elle vit aujourd'hui à Paris avec son fils, honorée, respectée comme elle mérite de l'être, et conservant encore dans son cœur le tendre souvenir d'un époux qu'elle n'a pas voulu remplacer, malgré les offres brillantes qui lui ont été faites. Elle a changé de nom, mais je ne vous dirai pas celui qu'elle porte, pour ne pas la signaler à ses ennemis, qui sont toujours puissants. Georges est resté son ami le plus dévoué, et il considère son voyage en Corse comme le plus doux de ses voyages, parce que Dieu lui a fourni l'occasion de faire dans ce lieu une action généreuse.

SAMUEL LE BON FILS.

Par une froide soirée d'hiver de l'année 1814, un jeune homme d'environ dix-huit ans se promenait d'un pas rapide dans une longue avenue d'arbres qui se déroulait tristement aux environs d'une petite ville de Champagne. Le soleil, enveloppé d'une brume épaisse, disparaissait derrière les collines qui bornaient l'horizon, sans qu'on pût deviner son disque autrement que par l'auréole argentée qui rompait la froide monotonie d'épais nuages gris. Le jeune homme dont nous avons parlé, pâle et amaigri par les souffrances, semblait violemment agité. Il allait et revenait sans cesse dans un espace fort circonscrit, et par instant sifflait assez bas, comme un homme qui cherche à prendre patience, et veut oublier le temps qui s'écoule rapidement. Quelquefois il montait sur une petite éminence située au bord de la route, regardait pendant quelques minutes du côté de la ville, puis se retournait brusquement et revenait sur le chemin. Quelqu'un qui aurait pu l'observer dans ce moment, aurait vu sa figure contractée, comme sous l'influence d'une pensée pénible, et aurait deviné au geste d'humeur qui lui échappait, que quelqu'un manquait là à un rendez-vous important. Une dernière fois le jeune homme monta sur le tertre ; il vit d'un premier coup d'œil un voyageur qui gravissait péniblement la côte par laquelle on arrivait à l'avenue, et qui était encore à une distance assez considérable. Il descend, s'élance comme un trait, et en moins de temps qu'il n'en faut pour l'exprimer, il a atteint le personnage qui semblait se diriger vers lui.

« Que faisiez-vous donc, Étienne? lui dit-il ; voilà une heure que je vous attends, et vous arrivez seulement : je craignais que vous ne vinssiez pas ?

— Pardonnez-moi, Samuel, lui répondit l'autre, ce retard est bien involontaire. Il y avait du monde au château ; et il fallait attendre qu'il fût parti. Maintenant vous pouvez me suivre.

— Il n'y a pas un moment à perdre, reprit Samuel, et je crains du mauvais temps pour cette nuit.

— Le ciel est bien chargé, en effet, dit Étienne. Mais vous êtes toujours décidé à tenter l'entreprise ?

— Toujours.

— N'allez pas vous dédire quand il ne sera plus temps : vous compromettriez de graves intérêts.

— Ne craignez rien, repartit Samuel, mon parti est pris. J'irai. La Providence fera le reste ; elle n'abandonnera pas, j'en ai la confiance, ceux qui ont le cœur pur et qui ne cherchent que le bien. »

Pendant cet entretien, les deux interlocuteurs avaient pris le chemin de la ville ; et ils se hâtaient de parcourir ses rues désertes et déjà sombres. Ils la traversèrent presque tout entière, et arrivèrent à l'autre extrémité vers un château de magnifique apparence, auquel un jardin élégant donnait accès. Derrière s'étendait un vaste parc, alors dépouillé de ses feuilles, mais dont l'enceinte immense annonçait assez la demeure d'une famille riche et puissante. Étienne et Samuel derrière lui franchirent la grille du jardin, et pénétrèrent dans le château. Ils traversèrent quelques appartements ; et Étienne, ayant invité son compagnon à attendre un instant, fut introduit par un valet dans un appartement intérieur.

Sur un large fauteuil était assise une femme d'une quarantaine d'années environ, dont les traits pâlis par la fatigue et on aurait dit par les larmes étaient pleins d'une grande noblesse et

d'une touchante bienveillance. Elle eut à peine vu Étienne qu'elle bondit sur son siége, et s'écria en s'adressant à lui :

« Eh bien ! l'avez-vous amené ?

— Il est là, madame, dans la chambre à côté, et se met à votre disposition.

— C'est bien, dit-elle. Vous êtes sûr qu'il est

résolu, il ne tremblera pas au moment décisif?

— Soyez rassurée, madame, j'en réponds comme de moi-même, répliqua Étienne.

— Faites-le entrer, interrompit la dame. »

Cet ordre fut aussitôt exécuté, et Samuel entra dans l'appartement de la comtesse de Chenecey : c'est ainsi que se nommait la dame dont nous avons rapporté les paroles.

— Monsieur Samuel, lui dit-elle, on m'a dit que vous consentiez à vous charger d'une mission difficile et qui demande du courage; vous êtes un honnête jeune homme, je puis me fier à vous ?

— Madame la comtesse, répondit Samuel, n'aura pas à s'en repentir.

— Voici ce dont il s'agit, reprit la comtesse en tirant un large paquet cacheté d'un meuble élégant placé à côté d'elle; il faut porter ce message à mon fils, et il est important que vous soyez revenu demain matin avant dix heures. Vous connaissez tous les chemins de la campagne ?

— Je les ai parcourus pendant toute ma jeunesse.

— Combien y a-t-il d'ici au corps d'armée français?

— Il y a cinq bonnes lieues, madame.

— Par la route la plus courte?

— Oui, madame, mais il ne nous servirait de rien de prendre une route plus longue; les ennemis interceptent la communication avec notre armée, sur un rayon de plusieurs lieues, et le passage n'est pas plus dangereux par la route directe que par les détours.

— Cela fait dix lieues; et vous pouvez être de retour demain matin?

— Je l'espère, madame, si les ennemis...

— Brave jeune homme, interrompit la comtesse, je vous comprends; si les ennemis, voulez-vous dire, ne vous ont pas frappé. Croyez qu'il faut une nécessité bien invincible pour que je consente à exposer vos jours de cette façon, et que votre sort me touche.

— Mon sort, madame, est celui du dernier soldat, et je ne cours pas plus de dangers que lui.

— Allez donc, monsieur Samuel; Étienne m'a dit quelle était la noble cause qui vous faisait accepter une tâche aussi périlleuse. Vous êtes pauvre, votre mère est malade, et vous ne pouvez lui donner les soins que son état réclame; mais, allez, quoi qu'il arrive, vous pouvez être désormais tranquille sur le sort des vôtres : Dieu, je l'espère, éloignera de vous tout danger, si cependant vous succombiez dans cette mission périlleuse, vos parents deviendraient les miens, et si vous échappez votre noble dévouement recevra une récompense éclatante. Adieu.

Samuel prit le paquet des mains de la comtesse et s'éloigna respectueusement. Comme il l'avait dit, il n'y avait pas de temps à perdre. Cependant il ne voulait pas partir sans dire adieu à sa vieille mère malade et à sa sœur, que peut-être il ne reverrait plus ; il rentra dans sa modeste demeure.

Samuel, quoique bien jeune encore, était depuis long-temps un excellent ouvrier aimé de ses chefs pour son habileté et pour son bon caractère ; il y avait quelques années qu'il avait perdu son père, et il n'avait pas plus de quinze ans lorsque sa mère et sa sœur étaient restées presque complétement à sa charge, car le travail des femmes est si peu productif, qu'à peine peut-il servir à l'entretien de leur vie ; Clarisse d'ailleurs, obligée de veiller aux soins du ménage, que sa mère, affaiblie par l'âge, lui avait abandonnés, ne pouvait faire que bien peu pour l'aisance de la famille. Tant que le travail avait été abondant, tout était allé assez bien, et Samuel n'avait pas à se plaindre. Le salaire de chaque jour suffisait à la vie de chaque jour, et Dieu avait envoyé à cette honnête famille le contentement qui naît de la vertu et du travail. Mais tout changea bientôt. La guerre entraîne bien des maux après elle, et les seuls morts ne sont pas ceux qui couvrent le champ de bataille. Les habitants de la Champagne souffrirent encore plus que les autres populations de la France, de cette guerre qui avait pris leurs plaines pour théâtre. Les manufactures avaient interrompu leur production; et les travaux de la campagne étaient arrêtés à cause de la saison et de la présence des ennemis. Il n'y avait donc aucune ressource pour les bras oisifs. Samuel avait pendant quelque temps suffi aux plus urgents besoins à l'aide de quelques économies faites pendant les jours prospères, mais ces ressources n'avaient pas été de longue durée. La misère bientôt s'était fait sentir, et peu à peu s'était manifestée sous ses apparences les plus hideuses. Quelques voisins vinrent bien, dans le commencement, au secours de la pauvre famille; mais la misère devenait plus générale, et chacun, sentant soi-même le besoin, prenait moins de part aux souffrances des autres. Sur ces entrefaites, la mère de Samuel était, comme nous l'avons vu, tombée malade, autant par la douleur que lui causait cette position précaire que par les privations qu'elle imposait à son grand âge : cette maladie exige de lourdes dépenses qui achevèrent d'épuiser les dernières ressources de la famille. Aussi on ne saurait peindre l'aspect délabré que présentait alors la chaumière qui lui servait de demeure. Presque tous les meubles avaient disparu ; la vieille mère était couchée sur une dure paillasse posée à terre, et était à peine enveloppée d'une couverture usée; il ne restait dans cette chambre, asile de tant de misère, que deux ou trois chaises trébuchantes, un crucifix et deux petits tableaux, dont la vénérable mère n'avait jamais voulu qu'on se défît, parce qu'ils lui rappelaient la première communion de ses chers enfants.

Samuel, en voyant ce désordre autour de lui, semblait navré par l'affliction. Il s'assit sur un escabeau au chevet de sa mère, la regarda pendant quelques instants d'un œil fixe et sans larmes, car la douleur en avait épuisé la source, puis il lui prit la main, l'embrassa avec tendresse, et, se levant brusquement : « Bonsoir, bonne mère, » dit-il d'une voix sourde ; et, après une pause, comme s'il eût fait un effort sur lui-même, il ajouta avec un soupir : « A revoir ! »

Il s'avança alors vers sa sœur Clarisse, l'entraîna dans une petite chambre à côté de celle où était sa mère, l'embrassa à son tour et lui dit d'une voix brève :

« Sœur, je m'en vais, je ne rentrerai pas ce soir, ne m'attends pas; mais si demain avant dix heures je ne suis pas revenu, tu iras chez madame la comtesse de Chenecey, et tu lui diras que tu ne m'as point vu.

— Où vas-tu, Samuel, où vas-tu ? s'écria

sa sœur avec un cri d'anxiété et en lui prenant les mains avec affection ; que vas-tu faire, malheureux, et comment nous quittes-tu quand notre mère est mourante ?

— Ne crains rien, reprit Samuel ; ma mère ne manquera de rien, ni toi non plus, j'y ai pourvu. D'ailleurs nous nous reverrons bientôt, ajouta-t-il en regardant le ciel par un mouvement que la sœur ne remarqua pas. Ne me questionne pas, Clarisse, je ne puis rien te dire ; mais apaise tes craintes, il n'y a pas le danger que tu crois. Embrasse-moi encore et séparons-nous. »

Clarisse avait des habitudes de soumission à l'égard de son frère, qu'elle respectait comme un père ; elle n'osa pas répliquer, mais elle l'embrassa en pleurant, lui serra tendrement la main et lui dit adieu.

Samuel s'éloigna de cette maison infortunée en se retournant encore pour y jeter un regard que ses pressentiments lui faisaient considérer comme le dernier. Il passa devant une des églises de la ville, la porte en était entr'ouverte, il entra et s'agenouilla devant l'autel de Marie ; il priait en pleurant pour sa mère et pour sa sœur. « Sainte Vierge, lui disait-il, vous qui avez été mère, vous connaissez les douleurs d'un fils; ayez pitié de celui qui s'agenouille maintenant devant vous. Je ne vous demande pas la conservation de ma vie si elle n'est pas nécessaire à ma mère; cette vie est entre vos mains, et je l'abandonne sans regret et avec soumission aux arrêts de votre divin fils. Mais, Vierge sainte, si je succombe, protégez ma mère et protégez ma sœur. »

Moins triste alors et plus confiant dans la Providence, Samuel sortit de la ville et s'achemina vers l'armée française. Comme nous l'avons dit, il fallait qu'il traversât le camp des ennemis placé entre la ville et les nôtres. Il connaissait bien les chemins les moins pratiqués, et savait avec art profiter de tous les mouvements de terrain pour échapper à la vigilance des sentinelles. D'ailleurs l'obscurité de la nuit était profonde, le ciel couvert voilait la clarté des étoiles, et la lune ne brillait pas au firmament. Il put ainsi passer plusieurs fois près des factionnaires, dont il entendait le pas lourd et monotone sans éveiller leur attention. Plusieurs fois aussi, il entendit résonner à ses oreilles le fatal *Qui vive?* qui le glaçait d'effroi; il s'éloignait alors et se gardait bien de répondre. Il était enfin parvenu à traverser la plaine entre deux corps de troupes peu éloignés, et il allait bientôt franchir les lignes ennemies, lorsqu'un dernier Qui vive? le força à s'arrêter. La sentinelle n'était pas à dix pas de lui, mais elle était cachée par le tronc d'un gros chêne et n'avait pu l'apercevoir. A ce cri redoutable, Samuel regarde et découvre son ennemi. Il avait eu l'imprudence de ne pas emporter d'armes, il ne pouvait espérer de se défendre : il s'élance par un détour, passe de toute la rapidité de sa course entre la sentinelle et un ravin que dominait tout un poste avancé. Le factionnaire, qui le suit à peine des yeux, tire un coup sur lui. Samuel entend siffler la balle à ses oreilles et poursuit sa course. Il n'est pas frappé : le poste placé sur la hauteur prend l'alarme, on regarde dans l'éloignement, on interroge la sentinelle; mais l'obscurité protége Samuel, et il est sauvé.

Il n'y avait plus de danger pour lui et il pouvait continuer en paix son chemin. Il était certain désormais de remettre son message à M. de Chenecey ; mais il fallait revenir, et pour ce retour les dangers devraient être accrus par la clarté du jour naissant. Cependant, sans trop se préoccuper de ces périls à venir, et ne pensant qu'à remercier Dieu de l'avoir préservé des autres, Samuel arriva bientôt aux avant-postes français ; il demanda le jeune officier auquel il avait affaire, et en quelques instants il put être introduit auprès de lui :

M. de Chenecey ouvrit précipitamment le pli qui lui était adressé. Sa mère lui envoyait un acte important sur lequel elle l'engageait à apposer sa signature, l'avertissant que toute la fortune de sa maison dépendait de cette formalité, et qu'il fallait se hâter de lui renvoyer ce grave message. Elle finissait en lui recommandant le brave jeune homme qui s'était dévoué pour elle et pour lui, en lui confiant le soin de tenir les promesses qu'elle avait faites au jeune Samuel, si, elle-même rappelée par la Providence, elle ne pouvait pas lui témoigner dans l'occasion toute la reconnaissance que lui inspirait cette action courageuse.

Le jeune comte eut bientôt exécuté les ordres de sa mère, et il remit le paquet au brave Samuel en lui disant :

« Partez, monsieur, et puisse la Providence vous préserver au retour comme elle l'a fait cette nuit ! Dieu aime ceux qui l'aiment et qui se dévouent pour faire le bien. L'amour que je porte à ma mère, monsieur, me fait comprendre votre dévouement. Le sort des armes est souvent fâcheux, digne Samuel, et je ne sais pas celui que les combats me préparent ; mais votre bonheur et celui de votre famille reposent sur les promesses de deux amis qui ne vous oublieront pas, ma mère et moi. Vous m'avez sauvé une fortune et je veux assurer la vôtre. Hâtez-vous pendant qu'il fait encore nuit de regagner la ville, et dites à ma mère que son fils espère l'embrasser bientôt. »

Au moment où Samuel allait sortir du camp, tout le corps d'armée française était dans une grande agitation. Les troupes avaient pris les armes et se formaient sous l'ordre de leurs chefs selon les besoins de la tactique ; on entendait au loin résonner le canon de l'ennemi ; les retranchements venaient d'être attaqués ; la fuite était impossible. Toute la plaine qui s'étendait jusqu'à la ville était devenue le théâtre du combat, et déjà la fusillade commençait sur tous les points. Samuel retourna auprès de M. de Chenecey.

« Monsieur, lui dit-il, je suis obligé de rester avec vous, toute retraite m'est coupée : donnez-moi un fusil et je combattrai parmi vos soldats ; à la première occasion je traverserai le champ de bataille, et je n'oublierai pas que je suis chargé des plus graves intérêts. »

M. de Chenecey se rendit à son désir, et Samuel alla se placer dans les rangs de ses soldats. Dans ces temps de désastre, on accepte tous les secours, et un bras vigoureux qui s'offrait de lui-même était sûr de n'être pas refusé.

Le combat fut long, désespéré et sanglant; M. de Chenecey était un jeune officier plein d'ardeur et connu dans l'armée par sa bravoure. Il fut placé à l'avant-garde et eut l'honneur d'occuper les postes les plus dangereux. Samuel se battait à ses côtés avec une valeur qui semblait plus éprouvée, et dont s'étonnaient de vieux soldats, qui pourtant s'y connaissaient en bravoure. Le combat durait depuis deux heures et demie, et la victoire semblait devoir se fixer du côté des Français, lorsqu'une masse de cavalerie vint se jeter au galop des chevaux au milieu de la compagnie que commandait M. de Chenecey et y porter le désordre. On se défendit avec rage, et le jeune capitaine, à la tête de ses soldats, donnait l'exemple du dévouement : un cavalier s'approche de lui, et dirige contre sa poitrine un pistolet à bout portant; il va lâcher la détente et M. de Chenecey ne peut déjà plus parer le coup, lorsque Samuel s'élance, détourne le canon du pistolet, qui éclate dans l'air et frappe à mort le cavalier. Tout cela fut l'affaire d'un instant, mais Samuel lui-même tombe baigné dans son sang sur le champ de bataille. Ce fut peut-être le dernier coup porté dans ce funeste combat ; la retraite avait sonné, et les ennemis abandonnaient le terrain : la place était libre.

Samuel était évanoui, mais il respirait encore ; le noble cœur de M. de Chenecey était navré de douleur en voyant gisant sur la terre

celui qui, dans ce peu d'heures, s'était deux fois dévoué pour lui. Il ordonna qu'on lui donnât immédiatement les premiers soins et qu'on le portât à la ville chez sa mère : quatre soldats, témoins de sa valeur, soutenaient le brancard et formaient le triste cortége.

On arrivait lentement, et bientôt on fut à quelques pas du château; madame de Chenecey, qui avait entendu le bruit de la canonnade, était en proie à des inquiétudes que l'on ne peut rendre. Elle craignait pour son fils, qui était au milieu des combattants; et, comme son cœur était généreux et reconnaissant, elle craignait aussi pour Samuel, qui avait exposé sa vie pour lui rendre un service. Quand elle vit entrer le brancard dans le jardin qui précédait le château, elle crut qu'on lui rapportait son fils mourant, elle sentit fléchir ses genoux; puis, se relevant par un effort de courage, elle courut à sa rencontre. Quand elle eut reconnu son erreur, son cœur un peu soulagé donna cependant des larmes à une infortune qui la touchait vivement. On prodigua à Samuel tous les soins que réclamait son état : il ouvrit bientôt les yeux, et ses premiers mots furent pour sa mère.

« Samuel, bon Samuel, dit madame de Chenecey, ne craignez rien; votre état n'a rien d'alarmant, les médecins déclarent que vous n'avez reçu qu'une légère blessure : votre mère ne perdra pas son fils. » A ce moment, M. de Chenecey arriva pour se jeter dans les bras de la comtesse et pour témoigner à Samuel tout l'intérêt que mérite un bon cœur. Mais le temps s'était écoulé, et l'heure que ce brave jeune homme avait indiquée à sa sœur avait sonné depuis quelques instants, lorsque Clarisse gémissante entra dans le château, et, se jetant aux pieds de la comtesse, s'écria : « Madame, qu'avez-vous fait de mon frère ?

— Votre frère est sauvé, dit madame de Chenecey ; voyez, ajouta-t-elle en le lui montrant, le plus tendre des fils, et venez embrasser, poursuivit-elle en portant la main à son cœur, la plus heureuse des mères. Mon fils et moi nous vous avons promis le bonheur, et nous tiendrons notre promesse. »

Ils la tinrent en effet, et la pauvre famille, bientôt rendue à l'aisance, poursuivit la vie honnête et tranquille que les désastres de la guerre avaient un instant interrompue. La mère de Samuel est morte depuis dans les bras de son fils et dans les sentiments de la plus fervente piété. Clarisse est mariée et heureuse. Samuel est toujours un bon ouvrier, et les habitants de sa petite ville, qui l'aiment et le respectent, ne l'appellent que Samuel le bon fils.

FIN.

TABLE

ON TROUVE ÉGALEMENT A LA LIBRAIRIE DE PAUL MELLIER :

Histoire de N.-S. Jésus-Christ et des Apôtres, uniquement composée avec les quatre Évangiles fondus ensemble, disposés d'une manière méthodique, expliqués, développés et prouvés par les Prophètes, les Apôtres, les Pères de l'Église, les Conciles, les Papes, les monuments religieux des anciens peuples, les auteurs juifs et païens, les apologistes de la religion et les savants modernes. Présentant un corps complet des doctrines et des preuves de la religion, tirées des seuls auteurs qui ont autorité, par A.-J.-L.-B. DE JESSE. 2 beaux vol. in-8. Prix, broché : 12 fr.

Philosophie sociale de la Bible, par M. l'abbé F.-B. CLÉMENT.

Et fiet unum ovile, et unus pastor.—Il y aura un bercail, et un pasteur.
S. JEAN, X, 16.

2 vol. in-8. Prix, broché : 15 fr.

De l'Harmonie entre l'Église et la Synagogue, ou Perpétuité et Catholicité de la Religion chrétienne, par le chevalier P.-L.-B. DRACH, docteur en philosophie et ès-lettres, de l'Académie pontificale de religion catholique, de celle des Arcadiens, de la Société asiatique de Paris, de la société Foi et Lumière de Nancy, etc.; membre de la Légion-d'honneur, de Saint-Grégoire le Grand, de Saint-Louis, Mérite civil de Lucques, 2e classe; de Saint-Sylvestre, etc.; bibliothécaire honoraire de la sainte Congrégation de la Propagande. 2 forts vol. in-8. Prix, broché, 15 fr.

Le tome Ier, contenant le Traité complet de la doctrine de la très-sainte Trinité dans la synagogue ancienne, est en vente. Le tome II est divisé en deux parties, dont la première traite de la très-sainte Vierge, et la seconde, de la Personne adorable de N.-S. J.-C. Il est précédé d'une *Notice sur la cabale,* travail qui a déjà obtenu des suffrages fort honorables.

Histoire religieuse, politique et littéraire de la Compagnie de Jésus, publiée sur les documents authentiques et inédits; par M. CRÉTINEAU JOLY, auteur de l'*Histoire de la Vendée militaire.* Ouvrage orné de portraits et d'autographes des principaux personnages de la société. 4 beaux vol. in-8. Prix, broché : 30 fr.

Le premier volume a paru le 15 mars dernier, et successivement de trois mois en trois mois les tomes suivants seront mis en vente.

Dictionnaire des prédicateurs, ou Choix de Sermons entiers prononcés par les Auteurs les plus célèbres, réunis et classés par ordre alphabétique des matières par une Société d'Ecclésiastiques distingués, sous la direction d'un ancien vicaire-général de Besançon. 5 gr. vol. grand in-8 sur deux colonnes, contenant chacun 600 pages et la matière de 7 à 8 volumes du format ordinaire. Prix, broché : 32 fr.

Atlas des prédicateurs, ou Plans de Sermons mis en tableaux synoptiques, à l'usage des Ecclésiastiques qui veulent se livrer à l'improvisation ou à la pratique de la méditation; par M. l'abbé THARIN, ancien vicaire-général de Besançon. 1 vol. in-4 oblong. Prix, broché : 12 fr.

IMPRIMÉ PAR BÉTHUNE ET PLON, A PARIS.

www.ingramcontent.com/pod-product-compliance
Ingram Content Group UK Ltd.
Pitfield, Milton Keynes, MK11 3LW, UK
UKHW021011200726
13857UKWH00004B/1391